All'ambiguità per ogni ricerca di verità

incoscienza

IN-COSCIENZA

in coscienza

Franco Saffo

Un uomo disse di avere compreso il segreto della felicità. Si chiamava Franco Sanfo.

Fatto sta che, da uomo importante e stimato studioso che era, a poco a poco, incominciò a perdere tutto ciò che aveva. Perse il lavoro, i soldi, la moglie, perse i figli, la famiglia, la casa, gli amici e si ridusse a fare la vita del barbone.

La cittadina in cui abitava, Perne, non era molto grande e lì lo conoscevano tutti... così anche da barbone. Molti si fermavano per chiedergli se effettivamente fosse felice e lui ... rispondeva sempre sì.

Diceva, però, che il segreto ognuno doveva cercarlo da solo e che il suo valeva solo per se stesso. Molti in città dissero di avere capito il proprio segreto.

Fu allora che Franco Sanfo decise di cambiare città, ma non disse a nessuno che il segreto ancora non l'aveva trovato in maniera definitiva.

Di fatto poi morì cercandolo. Oggi a Perne sopravvive ancora la setta dei sanfoiani i cui membri dicono di conoscere il segreto della felicità.

Il carretto

Un pastore di nome Gavino possiede un asino, che utilizza per trainare un carretto solitamente pieno di sacchi di mangime. Questo somaro ha però un grande difetto:

se il carretto è troppo carico nessuno può farglielo trasportare, nè con le buone, nè con le cattive.

Un giorno una ragazza volle andare con Gavino, al suo ovile, per concederglisi... a patto di salire sul carretto e essere trasportata. Con lei il carretto era però troppo pesante. Gavino provò a mettersi sulle spalle un sacco di mangime, ma niente. . l'asino non voleva muoversi.

Fu necessario, per il pastore, trasportarne tre di sacchi e quando arrivò all'ovile era troppo stanco per amare la ragazza.

"Mi dispiace" - le disse - "devo riposarmi un poco".

"Non fa niente" - rispose la ragazza con l'aria dell'impazienza - "qui vicino c'è l'ovile di mio marito Mario, quello non è mai stanco per fare l'amore".

Detto questo scappò via... però arrivata all'ovile di Mario, si sentì subito dire:

"Non ti sei sempre lamentata che la strada per arrivare fin qui è troppo lunga?"

"Oggi ho visto che non è poi così lunga !!"

"Bene! Da domani verrai ogni mattina per aiutarmi un po'. Intanto dai il mangime ai porci !"

Il codice

Ernest è un artista d'avanguardia. Egli sostiene che la propria arte, sebbene astratta, può e deve essere capita. Per questo allega ad ogni opera, prima di venderla, un piccolo libretto che ne rende noto il senso.

Quel giorno arrivò nel suo studio un tipo che molto tempo prima gli aveva comprato una statuetta. Disse di avere perso il libretto e voleva che l'artista gli ricordasse il senso dell'opera. Aveva con sé la fotografia.

Ernest chiese il codice della statua, fece accomodare il cliente, uscì dalla stanza, andò nell'ufficio e guardò tra le righe del catalogo in cui aveva segnato tutte le proprie opere. Prese il libretto relativo al numero di catalogo trovato e dopo averlo letto sommariamente tornò dal cliente.

"Vede" - gli disse, guardando la foto - "queste curve poco arcuate rappresentano la lentezza e la dolcezza con cui una donna... ".

... e così gli spiegò la statua.

"Comunque" - continuò - "prenda il libretto, così se lo potrà leggere con più calma".

Il cliente, tornato a casa, vide la moglie che lo aspettava con aria dispiaciuta.

"Scusa Franco ho sbagliato, ti ho dato un altro codice. Vedi.... questo sette sembra un uno !!"

"Non ti preoccupare" - rispose lui - "il libretto che ho preso va bene lo stesso".

I topi

La chiesetta di S. Basile è piena di topi. Questi probabilmente non sanno di vivere nella "casa del Signore" e quindi scopano e si riproducono senza ritegno malgrado il microscopico cazzo del topolino e la minuscola fessurina della topina.

Due o tre anni fa qualche fedele ogni tanto ne vedeva uno, ma oggi ormai, anche ad occhio, si può notare che assistono alla messa più topi che credenti.

Il Papa riguardo a certi temi, concernenti la sfera sessuale, è stato categorico, però io ne sono sicuro... il prete preferirebbe che i topi lo facessero col preservativo. Se non altro per evitare di doverli ammazzare tutti col veleno.

E non perché il prete è buono, ma perché il veleno costa troppo, oltre al fatto che è davvero seccante raccogliere i topi morti.

Dolce e sensibile

Emanuele, professore di scienze, stava, da poco tempo, con una ragazza dolce e sensibile.

Spesso, arrivata la notte, si recava con lei in spiaggia, proprio davanti al mare.

"Dimmi Emanuele... tu certe volte hai l'aria di essere distaccato dal mondo. Perché fai così ?"

"Non sempre si può essere attaccati alle cose. Spesso si finisce con l'andarsene lontano... ".

"Ma anche da me ?"

"Le vedi quelle due stelle ? Si... quelle vicine che quasi si confondono! Forse noi siamo proprio come quelle due stelle..."

Lei fu contenta di sentirsi dire questa frase. Emanuele allora pensò:

"Sciocca, che ne sai tu delle stelle ?"

Il giorno dopo, mentre teneva la lezione di geografia astronomica, Emanuele disse:

"... vedete ragazzi: non dovete pensare che le cose siano sempre per come vi appaiono. Per esempio... non è assolutamente detto che due stelle che voi dalla terra vedete vicine, poi lo siano realmente. Anzi... potrebbero esserlo molto meno di altre due che voi credete molto, molto più lontane. E' un gran problema quello di rilevare le distanze interstellari. Il primo metodo atto a determinare tali distanze risale al periodo... "

Il fico regalato

Un mercante fece fortuna vendendo fichi. Ne vendette così tanti che dovette espandere le strutture del proprio negozio. Ormai vendeva quasi solo all'ingrosso e chiunque entrava in bottega non chiedeva meno di trenta chili di merce.

Una delle tante compere fu quella di una grossa bilancia che riusciva a pesare fino a tre quintali. In segno di buon augurio il mercante buttò la vecchia bilancia, piccola e ormai inutilizzata.

Emanuele passava spesso nella strada del negozio di fichi, per recarsi al proprio luogo di lavoro. Un giorno entrò dentro la bottega e disse gentilmente al mercante:

"Scusi, potrebbe pesare quel fico ? ... vorrei comprarlo... "

Il mercante si mise a ridere...

"Prendilo se lo vuoi... vedrai che domani tornerai per comprarne almeno dieci chili".

Emanuele si mangiò il fico e se ne andò. Il giorno dopo, però, prima di recarsi al lavoro rientrò nel negozio di fichi e chiese nuovamente al mercante di pesargliene uno.

Anche questa volta il fico gli fu regalato, ma senza troppa allegria. Il giorno dopo si ripetè la stessa storia e il mercante disse:

"Quanto può costare un fico... cinquanta lire ? Dai, dammele e vattene !!"

Emanuele non soddisfatto volle pagare il fico in relazione al peso e quando il mercante, esasperato, posò il fico nella bilancia si rese conto che essa era troppo grande per pesare quel fico. Disse allora arrabbiato:

"Questo fico non pesa niente !!"

"E allora me lo devi regalare !!" - rispose Emanuele.

Da allora il mercante tenne sempre una piccola bilancia, vicino a quella grande.

Isan

Un musicista di nome Isan ebbe da giovane uno strepitoso successo.

Suonava la chitarra classica... soprattutto pezzi di musica barocca. Da vecchio invece si dedicava esclusivamente alla musica contemporanea sperimentale.

Nessuno, comunque, riuscì mai a capire di quali composizioni si trattasse visto che né Isan, né i programmi dei concerti svelavano i nomi degli autori.

Isan è sempre stato uno strano tipo. Quando era giovane giravano sempre attorno alla sua persona amici e donne. Da vecchio invece sembrava non parlasse mai con nessuno.

Rimaneva quasi sempre a casa. Usciva pochissimo. Ogni tanto gli arrivavano per posta alcuni inviti per suonare in questo o in quel teatro, ... però ai concerti eseguiva sempre i soliti pezzi... la solita ignota musica contemporanea.

Io capivo che c'era in quella musica qualcosa che la rendeva unica, differenziandola nettamente da tutta la produzione sperimentale moderna. La ritmica era solida, ma semplice; non pause troppo lunghe, ma note suonate ad intervalli regolari; non fraseggi aleatori, ma invece sempre terzine e quartine... le note, però, quelle facevano paura: la nulla aleatorietà ritmica era accompagnata da una assoluta atonalità armonica.

Chi conosce la struttura della chitarra sa bene che tra una nota e l'altra di una stessa corda sussistono intervalli di tono ben determinati. Non c'è come nel violino la possibilità di ottenere, su una stessa corda, dei suoni con frequenze che variano sul continuo.

Dunque in una chitarra è più complesso creare musica atonale... però è possibile: occorre accordare la chitarra in modo tale che le corde risultino fra loro sfasate di tono ('stonate opportunamente').

Dicevano tutti che Isan era un grande nel sapere predisporre la chitarra alla musica atonale.

Un giorno io capii il mistero che stava dietro la vita di Isan e mi viene da ridere se ci penso.

Come ho già detto Isan non voleva che nessuno sapesse gli autori dei pezzi che suonava, quindi, in genere, dopo il concerto metteva gli spartiti in una valigia e li chiudeva a chiave... e chissà perché quel giorno non lo fece !

Io lavoravo nel teatro dove Isan si esibì quella sera e mi accorsi che dopo avere suonato se ne andò lasciando la valigia aperta sul palco. Vidi aprendola solo spartiti di Scarlatti e altri autori barocchi. Lo raggiunsi e chiesi cosa c'entrava Scarlatti con la musica che aveva quella sera suonato. Non ebbi alcuna risposta... era come se non avesse sentito. Continuai a chiedergli qualcosa, ma mi ignorò ancora, anzi fece per andarsene. Quando poi, presa la valigia, gliela mostrai, vidi il suo volto tramutarsi... la prese con violenza e scappò via.

Capii che Isan nella vecchiaia era diventato sordo... tanto da non potere più accordare la propria chitarra. Ed era con una chitarra scordata che egli continuò sempre ad eseguire i pezzi di musica che da giovane aveva tanto amato.

Il libro

Una volta ad Emanuele serviva un libro. Entrò nell'unico negozio che forniva i libri della "Lenc-editore" e chiese alla commessa se quello che gli interessava fosse arrivato.

Lei, vedendo Emanuele, subito se ne innamorò e, al fine di rivederlo ancora, disse, mentendo, che il libro non era arrivato...

"Torna tra una settimana" - aggiunse, ancora frastornata dall'emozione.

All'ora di chiusura la commessa, con grande sorpresa, vide Emanuele aspettare qualcuno all' uscio della porta del negozio. Aspettava proprio lei. Quella sera uscirono assieme... e si concluse tutto a casa di Maria (così si chiamava la commessa).

Il giorno dopo Emanuele era scomparso... Maria passò una lunga settimana aspettando l'arrivo tanto desiderato di Emanuele in negozio. Quando egli arrivò chiese subito del libro.

Lei disse che ancora ci voleva un po' di tempo e quella sera uscirono di nuovo assieme.

Stavolta, però, a Maria non pesarono i giorni seguenti e si sentiva più tranquilla e sicura del rapporto che andava costruendo. Parlò con le amiche di quanto si sentisse contenta.

Emanuele, ritornato al negozio, trovò il libro che aveva richiesto già pronto e messo in un tavolino. Il titolo si leggeva chiaro:

" Il declino della passione nel tempo ".

"Questo non mi serve più" - disse a Maria - "ne so già abbastanza !! Vorrei invece un libro sul biliardo... tu quale mi consigli ?"

Discorsi persi

Due amici parlavano fra loro dell'essenza della vita. Uno dei due era fermamente convinto che tutte le cose sono frutto dell'idea.

"Tu pensi" - diceva - "che questa scarpa noi la percepiamo veramente in sé? Essa è solo il frutto dell'idea che l'uomo ha di essa stessa !"

"Non dire idiozie !" - rispondeva l'altro - "Questa pietra, secondo te, non sarebbe esistita se non ci fosse stato l'uomo ? E allora come mai l'uomo scopre sempre nuove cose nell'universo... credi forse che l'uomo crei di tanto in tanto nuovi pezzetti di mondo?"

"Tu non sai niente !... si vede che non hai studiato. Io non ho detto che non esiste la "cosa in sé", ho solo detto che per quanto a noi è dato di indagare sull'essenza del mondo, tale indagine, in quanto inserita nello spazio-tempo e supportata dalle categorie umane non può che essere fallace relativamente alla scoperta del Noumeno".

"Basta, finiscila con queste parole senza senso. A scuola studi quattro cose e ti senti di avere capito tutto... sei proprio un buffone !!"

Mentre i due cercavano di dialogare Emanuele passava lì per caso. Vide ai loro piedi un braccialetto d'oro che qualcuno certamente aveva perso. Comunque continuò ad andare dove stava andando.

Al ritorno Emanuele vide che i due ragazzi non c'erano più. Il braccialetto però era ancora lì.

L'amante

Sebastiano, un omino basso e grazioso abitava a Palattu, in Sardegna. La sua abitazione, sita in periferia, comprendeva un grosso orto e, tramite esso, l'omino riusciva a vivere vendendo ortaggi al fruttivendolo del paese. Ci fu un periodo in cui il fruttivendolo si lamentava con Sebastiano perché i suoi ortaggi erano divenuti troppo cari.

"Non ti comprerò più niente se continui con questi prezzi assurdi" - gli disse una volta.

"Se tu vuoi pagare meno" - gli rispose il piccolo uomo- "cerca di essere più generoso con tua moglie".

Detto questo se ne andò senza aspettare risposta, ma molti del paese assistettero alla scena... e si sparse la voce.

Oggi a Palattu, dopo tanti anni, rimane ancora il detto: "Se sei cornuto e vuoi aprire bottega tratta bene tua moglie".

Effila

Una volta un cane decise di fare un lungo viaggio in cerca di qualcosa che lo entusiasmasse. Purtroppo si rese subito conto che non era facile per lui percorrere lunghe distanze e, d'altro canto, abituato com'era ad essere sempre nutrito dai padroni non riusciva facilmente a procurarsi il cibo.

Dopo un giorno di cammino il cane cadde sfinito e si addormentò.

Il giorno seguente, svegliatosi, vide davanti a sé, con grande stupore, una enorme distesa blu. Solo dopo capì che si trattava di acqua, ma provando a berla la trovò disgustosa. Avvedutosi che non era più possibile continuare in quella direzione, tornò indietro.

Passarono tre giorni fin quando ritrovò la stessa distesa blu di acqua e riprovò a berla... anche questa volta era davvero imbevibile.

Le forze lo stavano abbandonando. Si adagiò sulla spiaggia e piano, piano il dolore e la fatica sembrarono svanire, assieme alla vita. Un animale strano sguazzava nell'acqua. Era un delfino.

"È questa l'isoletta Effila?" - chiese il delfino al cane - "vengo da molto lontano... "

"Cos'è un'isoletta ?" - rispose il cane, morente.

"È un puntino che esce dall'acqua dell'oceano !!"

Un attimo prima di morire il cane si buttò dentro le acque, desideroso di abbandonare almeno da morto il puntino in cui aveva sempre vissuto... ma le onde lo riportarono subito a riva.

Il canto

Un uccellino passava un gran brutto momento. Non capiva il senso della propria vita.

Decise dunque di non cantare più e questo, come vedremo, gli sconvolse l'esistenza e determinò la sua morte.

In effetti un bel giorno l'uccellino si trovò in una situazione decisamente strana per la quale esso poteva non soltanto aprire le ali e saltare da un posto all'altro, come aveva sempre fatto, ma poteva tuffarsi nel cielo blu, ora non più a strisce. Insomma... poteva volare. Riprese a cantare con gioia e felicità.

Quando poi scese in un albero si guardò sotto e non trovò niente da mangiare. Morì dopo qualche giorno...

Lo ritrovarono i suoi padroni proprio sotto la loro casa.

"Guarda, papà, quello è il nostro uccellino ! Hai visto... io te lo avevo detto che sarebbe morto di fame fuori dalla nostra gabbietta !"

"Non lo si poteva più tenere in gabbia... non cantava... era troppo triste".

In casa Gelloni, però, non ci si arrese. Si comprò un altro uccellino che, stavolta, cantò fino alla morte.

La tana

Un ragno abitava in una casa di città. Sapeva bene che gli uomini lo avrebbero calpestato e ucciso se si fosse fatto vedere in giro per le pareti e i pavimenti delle varie stanze. Dunque rimaneva sempre lì, dietro il mobile del salotto, ad aspettare che qualche insetto rimanesse impigliato nella sua ragnatela.

Arrivò l'estate e i padroni di casa, andando in villeggiatura, lasciarono l'appartamento disabitato. Tuttavia il ragno continuò ad avere paura di essere calpestato e non uscì dalla tana.

Non poteva rischiare la morte. Avrebbe voluto esplorare nuovi possibili rifugi, tessere nuove ragnatele... ma rimase lì, dietro il mobile del salotto, per tutta l'estate.

Quando i padroni di casa ritornarono vennero fatte subito le pulizie generali. Il mobile del salotto fu spostato e il ragno ucciso.

"Guarda Luisa che grosso ragno che ho calpestato. Sarà sicuramente venuto quando noi eravamo via..."

Religione

Emanuele, da bambino, sembrava particolarmente devoto alla religione cattolica. In realtà non è che la sua fosse una vera e propria vocazione. Tanto è vero che, all'insaputa di tutti, amava trasgredire le regole ecclesiastiche, per esempio masturbandosi o dicendo parolacce, senza che nessuno le sentisse... al confessionale, poi, niente di tutto questo veniva svelato, e il prete della chiesa che Emanuele frequentava non serbava alcun minimo sospetto.

Diventato più grande Emanuele decise di intraprendere la carriera ecclesiastica, anche per il desiderio di marcare sempre più l'aspetto trasgressivo della propria vita. Pensava già che avrebbe, da prete, amato e tentato qualche bella suora, pur predicando in chiesa e nel nome di Dio l'astensione e il rispetto della verginità, per chi ancora non si era sposato.

Non solo poi Emanuele diventò prete, ma fu anche incredibile costatare quanto la gente lo amasse. Questo successo pubblico spingeva la vita privata del novizio prete in direzione di una trasgressione sempre più prepotentemente motivata.

Gli anni portarono Emanuele verso le più alte vette del potere ecclesiastico. Diventò vescovo, cardinale e infine fu proclamato papa.

Fu a quel punto che papa Emanuele incominciò a dubitare della religione cattolica. Un giorno, dopo essersi masturbato in un cesso del vaticano, iniziò a soffrire di una profonda crisi. Per quale motivo infatti lo spirito santo avrebbe dovuto ispirare quel gesto? Fino ad allora egli aveva certo peccato per il fatto di vivere, in privato, quelle assurde trasgressioni. Dio, addirittura, forse, non lo avrebbe neppure perdonato. Ma ora che era papa tutte le sue azioni dovevano essere luce divina!

Sempre più spesso Emanuele si chiudeva nelle stanze vuote e isolate e urlava imprecazioni contro il Signore.

Un giorno, davanti a migliaia di persone, disse urlando:

"Fratelli e sorelle, andate pure al diavolo!! Dio non pensa certo a voi... siete un branco di pecore incoscienti e un giorno finirete al macello!"

Quel che il papa fa e dice è ispirato da Dio tramite lo spirito santo. Come poteva Dio ispirare simili assurdità? No... non poteva... se fosse esistito veramente! Per questo Emanuele mandò la chiesa a farsi benedire(... da qualcun altro). E passò poi il resto della vita a convincere il mondo affinché finisse di professare una religione così tanto assurda e inverosimile.

La chitarra

Un ragazzo stava suonando la chitarra. La suonava così bene che, più passava il tempo, più si infervorava. Lui e la chitarra erano ormai un tutt'uno come l'acqua e il mare, come il vento e il fruscio degli alberi da esso determinato. Più il ragazzo suonava, più la sua anima si incarnava nella musica, fin quando ad un tratto... si ruppe una corda.

Il ragazzo quasi sembrava non accorgersene e continuò a suonare meglio di prima, con più sentimento e con più passione, finché si ruppe un'altra corda.

Con sole quattro corde la musica era diventata meno armoniosa, dunque più drammatica, frenetica e quasi esasperata. Il chitarrista suonava ora con maggiore tecnica, quasi come per una rivalsa al destino delle due corde rotte. Più suonava e più fortemente pizzicava le corde, fino a quando se ne ruppero altre due. Il musicista era ormai quasi impazzito e con le sole due corde che gli erano rimaste era costretto ad andare, con le dita, su e giù per la tastiera, senza riuscire a coprire tutte le ottave sulle quali voleva esprimersi.

Quando si ruppe un'altra corda ne rimase solo una, con la quale era possibile eseguire solo delle schizofreniche e disarmoniche scale senza alcun senso... e si ruppe così l'ultima corda. No, il chitarrista non poteva fermarsi, ormai era pazzo di musica. Non rimaneva che percuotere la chitarra a mo' di tamburo, ma i legni non ressero per molto e si ruppe infine la chitarra. Il ragazzo avrebbe dovuto fermarsi, avrebbe dovuto smettere di suonare, ma urlò... urlò e cantò così forte da attirare l'attenzione di tutto il vicinato. Non solo urlava e cantava melodie strazianti, ma per sostenere la musica della voce incominciò a percuotere ogni cosa, come chi vuole portar fuori un ritmo che non si sa bene... che non si riesce ad afferrare.

Per non fermare la musica non c'era che un modo: buttarsi dalla finestra... e così accadde. Ciò che era, cessò di esistere.

Quel giorno, anzi quel mattino, in quella città, nessuno in realtà si butto dalla finestra. Solo, di colpo, un ragazzo interruppe il suo sogno. Si alzò ancora agitato, guardò la chitarra, che la sera prima gli avevano regalato, e pizzicò le corde così da generare dei suoni anonimi e disarticolati.

"Chissà se riuscirò a suonarla" - pensò.

Poi fece colazione, si lavò, preparò i libri e andò a scuola.

Il vento del mare

La maestra si rivolgeva con amore ai propri piccoli alunni:

"Oggi parliamo della Poesia. Ve ne leggo subito una...
        Il vento del mare
        riposa, sopra la barca
        spenta e silenziosa
        come un letto di neve
        che accoglie gli ultimi gridi...

Vi è piaciuta?" - disse poi, osservando la perplessità negli occhi di ogni bambino.

"Veramente non ho capito niente"- disse subito Pietro.

"A me sembra quando mi sgrida papà"- disse Angela.

"Mio padre ha una barca grandissima!"- disse Rino.

"Io la neve non l'ho vista mai"- disse Graziella dispiaciuta.

La maestra, sicura del fatto suo, non ebbe esitazioni, e disse:

"Capisco che la poesia appena letta è un po' difficile. Però l'ho fatto apposta a proporvi proprio questa".

...poi prese un registratore che aveva portato con sé, introdusse una cassetta e fece avviare il nastro. La musica era davvero bella e struggente. Sull'atmosfera magica che essa determinò, la maestra lesse nuovamente la poesia e i bambini stavolta si commossero davvero. Il termine della lettura fu per loro motivo di grande dispiacere.

"Se questa musica un giorno l'avrete dentro, allora per voi sarà molto più facile apprezzare la Poesia"

- disse la maestra sorridendo. Dopodiché uscì dall'aula e lasciò i bambini, seduti nei banchi, ancora affascinati da quello che era successo.

Nel frattempo il registratore era lì, ancora acceso.

Il vecchietto

Totò è un vecchietto molto arzillo, in pensione e ancora pieno di vita. La moglie non c'è più, però lui va spesso a trovarla al cimitero.

L'unico difetto di Totò è che la sua bocca e la sua gola sono sempre piene di catarro. Quando Totò è a casa sputa sul cesso, nei fazzoletti, sulla pattumiera, ma anche nei portacenere, nel lavandino e addirittura dalla finestra. Però a casa non si sente a suo agio...

La felicità per lui è uscire di casa e passeggiare. Solo così si sente libero di sputare quando e come vuole.

Chi conosce Totò lo evita perché nella vecchiaia egli non vede più molto bene e i suoi sputi non si sa mai dove vanno a finire.

È per questo che Totò ogni tanto si sente solo. Però non si lascia mai andare troppo a sentimenti di tristezza.

Ogni notte, prima di andare a dormire, guarda la foto della moglie e ripensa agli ultimi tempi vissuti assieme... allora non facevano più l'amore, ma si baciavano sempre, anche col catarro. Poi, già sotto le lenzuola, posa la foto sul comò, sputa per terra, sul portacenere o dove capita e ingoia ciò che è rimasto...

La presa di coscienza

Mario Netta era lì, nella poltrona, e guardava il programma televisivo atteso da tutta la nazione.

Si trattava di un festival della canzone e, come ogni anno, c'erano anche tanti ospiti, bellissime ragazze, balletti, opinionisti e molto altro...

Mario Netta, però, quel giorno era un po' giù e il pensiero lo portò indietro nel tempo quando, da bambino, libero fra i campi, inseguiva e catturava calabroni oppure schiacciava coi sassi le lumache.

Infastidito poi da tutte le corbellerie che venivano dette in TV e da quelle canzoni così sdolcinate e vuote di contenuti, si alzò dalla poltrona, andò in bagno, si guardò allo specchio e fu felice di sentirsi ancora libero. Andò a dormire con la bella sensazione di essere, come lo fu una volta, estraneo ai desideri delle grandi masse.

Il giorno dopo, però, non fu affatto contento di leggere i giornali.

I titoli erano tutti pressappoco uguali.

Il festival è un fiasco. Audiens bassissimo.

Chiamata cartina

C'era una volta una buccia di caramella chiamata Cartina, la quale ricopriva dolcemente una liquirizia alla fragola. Entrambe se ne stavano lì in una scatoletta colorata, esposta sopra il bancone del salumiere. Cartina proteggeva Liquirizia dalla polvere e dagli insetti, mentre Liquirizia con tutto il suo profumo inebriava Cartina. Stettero lì felicemente per molto tempo, ma poi un brutto giorno arrivò in salumeria un ragazzaccio il quale, pagando una cifra miserevole, si assicurò il possesso di Cartina e Liquirizia.

Uscì dalla salumeria e con fare spavaldo e volgare, separò brutalmente Liquirizia da cartina, ingoiò Liquirizia e buttò senza pietà Cartina in mezzo alla strada.

Un passante osservò che non bisogna essere dei campioni di delicatezza e sensibilità per capire quanto sia utile buttare i rifiuti nei cassonetti della spazzatura.

Un altro osservò che se a Cartina è andata bene, lo stesso non si può dire per Liquirizia... quest'ultima , per fortuna, finirà presto nelle fogne.

In realtà il problema della 'prostituzione commerciale' non è affatto banale. Sono sempre di più gli articoli, nei negozi del paese, stufi di essere venduti a chiunque capiti.

Le associazioni dei consumatori sono destinate a scontrarsi ferocemente con una nuova realtà contrattuale. È infatti di ieri la drammatica notizia... dopo anni di grandi lotte, si è definitivamente costituita la prima grande associazione dei consumati.

Aspettare qualcuno

Emanuele e Luciano passavano per una via strettissima di un quartiere popolare. Le case erano pericolanti e si avvertiva un grande degrado.

Nel camminare i due videro in un balconcino dei piccolissimi vestiti stesi. Non potevano che essere quelli di un neonato.

"Chissà se da grande saprà leggere " - disse Luciano.

Apparve poi un balconcino in cui erano stesi solo degli indumenti neri di donna, e i due amici conclusero che in quella casa probabilmente abitava una vedova sola.

La stradina era lunga e osservare le robe stese nei balconi era diventato un passatempo.

In un balcone c'era un geans tanto strappato che era difficile immaginarlo addosso a qualcuno.

In un altro balcone c'era invece uno strano maglione viola e giallo, senza una manica. Quest'ultima era comunque stesa, vicino ad un calzino.

Quando Emanuele e Luciano uscirono dalla stradina videro subito un grande edificio moderno, ergersi imponente davanti ai propri occhi. Emanuele però aveva ancora dentro di sé l'immagine dell'ultimo balcone visto: quello in cui una donna pensierosa sospirava ed era come se aspettasse qualcuno.

Dopo i saluti, Luciano sembrò scomparire nel nulla. Era finito dentro il palazzone.

Emanuele si mise a cercare con la sguardo, fra i balconi dell'enorme edificio, qualche indumento che potesse fargli individuare l'appartamento di Luciano. Capì però che il gioco fatto nella stradina, qui non poteva essere applicato. Pensò poi:

"Per capire dove abita Luciano bisogna conoscere alcune coordinate x,y,z... per esempio terzo piano, scala B. Il balcone di Luciano dà sulla città est... quindi dovrebbe essere quello o al limite quell'altro"

Nel frattempo si sentì un grido provenire dal vicolo. Era la donna pensierosa che probabilmente aveva smesso di pensare e se la prendeva col marito, appena ritornato. Emanuele ripercorrendo la stradina, per tornare a casa, soffermò inutilmente lo sguardo sul balcone della donna pensierosa. C'erano dei vestiti stesi, ma stavolta non dicevano niente su quello che era accaduto.

"Inventarsi la verità può essere un gioco" - pensò Emanuele - "anzi, è il più bel gioco... "

Nel percorrere la stradina Emanuele rivide il balcone della vedova sola. Fu contento di osservare che vi erano stesi, oltre agli abiti neri, anche un berretto da marinaio e un giubbotto di pelle.

La chiave

Viviana aveva fatto da poco le chiavi nuove.

La chiave del cancello era rossa, quella del palazzo gialla e verde quella del portone di ingresso.

Per ricordare bene i colori Viviana pensò di associare ad ogni chiave un particolare significato... in pratica le tre fasi dell'amore: inizialmente la passione (rosso) apre le porte più esterne, poi i sentimenti più meschini (il giallo della gelosia) aprono le porte intermedie, e infine, quando il rapporto va male e sta per esaurirsi, il verde della speranza, apre l'ultima porta: quella del matrimonio.

Il metodo funzionava a meraviglia. Del resto, prima di sposarsi, Viviana, in quella casa, entrava e usciva continuamente. Al contrario, da signora, Viviana si accorse che, in amore, la porta più interna si apre solo dall'esterno.

Fatti di paglia

L'altra volta sentivo un pazzo che urlava in mezzo alla strada. Diceva pressappoco queste cose:

"La donna è come un mattone di terracotta, che per riscaldarsi ha bisogno di tempo e tanto calore. Noi, fatti di paglia, pretendiamo di accendere la donna buttandoci sopra e prendendo fuoco. Se la paglia è molta questo metodo può anche funzionare, ma quando la donna tornerà a essere fredda, noi non saremo che cenere. "

Ho ascoltato il pazzo fino a quando se ne è andato. Poi ho pensato che un tempo le capanne si costruivano con la paglia e i mattoni di argilla. Non erano grandi case, ma qualcuno riusciva a viverci per tutta la vita.

Una cosa strana

" Ti devo dare i soldi... te li ho promessi. "

"Ma no, lascia perdere, il mio è stato solo un favore ad un amico. "

"Guarda Giulia che io ti devo ricompensare in qualche modo. Hai fatto troppo per me... "

E così Rinaldo provò a porgerle una banconota da centomila lire, ma lei inizialmente rimase quasi immobile, in preda all'indecisione.

Poi successe una cosa strana.

Giulia finalmente fece per prendere la banconota, ma dopo averla toccata, il suo sguardo e quello di Rinaldo si incrociarono. I due tenevano la banconota da una parte e dall'altra, come sospesi in un'atmosfera che rallentava il tempo.

Ci vollero una dozzina di secondi perché la situazione si evolvesse in qualche modo. Quindi i due improvvisamente tirarono a sé la banconota, stracciandola a metà, poi gettarono i due pezzi all'aria e scoppiarono a ridere.

Essi, nel fare questo, credettero di fortificare il loro sentimento di amicizia. Qualche giorno dopo, ricordando il fatto, si dissero che non c'è denaro che può quantificare un legame affettivo.

Io invece credo che quella banconota desse approssimativamente, magari per difetto, proprio il valore iniziale della loro amicizia. Valore che ora si è quanto meno quadruplicato, come per frutto di un ottimo investimento.

Due tipi di uomini

Zento ha detto che esistono due tipi di uomini: i primi credono che la realtà sia solo ciò che essi percepiscono, gli altri pensano che la realtà sia ciò che essi non riescono a percepire. Inoltre, sempre secondo questo studioso, le persone più profonde nella ricerca di verità sarebbero, quelle della seconda categoria.

Secondo me c'è qualcuno che non è affatto capace di misurarsi veramente con le cose reali.

Forse gli uomini come Zento credono troppo alla realtà, e non c'è di peggio per chi ha voglia di verità.

I bambini imparano con i sogni e la fantasia.

I grandi invece sognano e fantasticano sulle cose che hanno già imparato.

Una pagina bianca

La vita è come una pagina bianca sulla quale in genere si scrive con la matita. Nei limiti, si può cancellare ciò che è stato già scritto. Il problema è che abbiamo una sola gomma a disposizione e finisce molto presto. Quando essa è terminata non ci resta che effettuare orribili cancellature, postille di ogni tipo, ma soprattutto, prima o poi, evitiamo di continuare a scrivere per non rischiare di impiastricciare otre... spesso quindi, il tema della vita è disponibile nella sola brutta copia.

È per questo motivo che Lucia ha usato da subito la penna, badando bene a non scrivere idiozie. La gomma a lei non è servita se non per cancellare ciò che io avevo mal scritto.

Non avrei mai potuto oppormi. Lei mi ha visto crescere, ed è l'unica che sa leggere dentro la mia vita, piena di strani segni, richiami vari, frasi rotte, sminuzzate e periodi sgangherati.

Cioccolati assortiti

Silvano decise di ammazzare la moglie. Si procurò del veleno potentissimo e una scatola di quei cioccolati assortiti che era solito comprare occasionalmente (tutti e due ne andavano ghiotti). Maria in genere mangiava quelli a forma di cuore e fu proprio lì che Silvano iniettò il veleno.

" Cara, indovina oggi cosa ti ho comprato? Guarda, ci sono per te i cioccolatini che tu adori tanto. Come al solito io mi mangio per primo quello a forma di bomba a mano, ma tu prendi pure quello che vuoi."

" Oggi ti vedo più bello. Sembri più sereno e felice del solito, quasi come quando dopo tanto tempo ti decidesti a sposarmi... e io pensavo che era per i soldi di mio padre! Comunque oggi voglio rompere un rito: per esserti solidale prendo anch'io quello a forma di bomba a mano".

Silvestro rimase colpito da quel gesto e ripensò a Maria, quando da giovane era bella e ricca. Per cui quella sera il letto non accolse solo dei corpi assonnati, stanchi e talvolta pieni di lividi, come negli ultimi anni di vita matrimoniale. Al contrario questa volta era come una festa, sopra le lenzuola.

Silvano non era riuscito a uccidere col cuore e Maria si era salvata masticando una bomba a mano.

Un boato

Filippo, mentre assisteva ad uno spettacolo teatrale, sentì che doveva assolutamente scoreggiare. Poiché non riusciva proprio a trattenersi, allora, per coprire almeno l'eventuale rumore, pensò di tossire in contemporanea. Purtroppo il sincronismo non fu eccellente.

Prima si sentì un boato... e poi, un istante dopo, lo scoreggio. Era successo che Filippo, preso dal panico, invece di tossire aveva ruttato. Il risultato ultimo fu che alla puzza di cacca si aggiunse violentemente anche quella di uova sode e cipolla.

Chi stava vicino a Filippo incominciò a scappare, gli altri invece si misero a ridere... e in mezzo a quella confusione solo gli attori continuarono a recitare come se nulla fosse accaduto.

Fra un luogo e un altro

C'è chi ama uscire la mattina presto e passeggiare tra i boschi, con lo sguardo rivolto alle bellezze naturali, scoprendole piano, piano, di pari passo al sole che cresce lentamente. Anche le curve delle donne sono bellezze naturali che gli uomini vanno scoprendo piano, piano...

C'è chi ama prendersi un giorno di vacanza per andare a pescare, in silenzio, sulle sponde calme di un lago, con l'odore tipico di fanghiglia che fa stare bene perché eccita il ricordo ancora vivo del pesce scivoloso, pieno di terra. Anche le donne hanno sponde calme, su cui riposare, che offrono ad ogni "canna" acque profonde e ricche di pesce da pescare...

C'è chi ama sdraiarsi sui sedili delle automobili in viaggio, perché riesce così a sentirsi nel diritto di non essere niente, fra un luogo ed un altro. Anche le donne possono trasportarti come un passeggero che non deve preoccuparsi di nulla, senza memoria di se stesso.

Potrei continuare a lungo ma dico subito che c'è chi ama le donne. È raro, ma accade anche questo.

Massime

Gianni scrive aforismi e massime: eccone alcuni esempi:

La rinuncia della coscienza è la coscienza della morte.

La libertà che ci concediamo, è la sola libertà che non presumiamo di avere .

L'uomo non ha il potere di cambiare il suo destino, ma ha il potere di costruirselo giorno per giorno.

Qualcuno si sente genio, molti si credono intelligenti o profondi. Pochi però si sentono capaci.

Ci sono due tipi di certezze: quelle che derivano dallo studio e dalla riflessione, e quelle che derivano dall' incapacità di dubitare, propria dei superficiali.

L'ultima massima è quella che preferisco.

In ogni caso, però, non bisogna dimenticare che le cose che stanno in superficie sono quelle più vicine al cielo. Chi vive in profondità, se prima o poi non emerge, morirà per mancanza di aria.

Un pesce viola

Roberto camminava in via Bucco quando vide un ragazzino seduto su un marciapiede. Aveva un bastone in mano, al quale era attaccato un filo che finiva in una grossa pozzanghera.

"Ma che stai facendo?" - disse Roberto al bambino.

"Non lo vedi? Sto pescando!" - rispose il bambino.

"Ti rendi conto che è un gioco stupido? I bambini di oggi si sono ridotti male. Io da bambino mi divertivo quando andavo a pesca, ma pescavo veramente. Era un gioco nel vero senso della parola..."

"In genere" - disse il bambino - "quando piove non si va a pescare. Io però, anche in questi casi, mi arrangio come posso. Del resto sono fortunato perché le pozzanghere vengono fuori proprio con la pioggia."

Detto questo il bambino diede un forte strattone al bastone tirando fuori dalla pozza un pesce finto.

"Questo poi è il solo modo per pescare pesci viola come questo. Nel cestino ho anche un pesce-scimmia, un pesce-sveglia e uno squalo nano".

Il primo istinto

Mi siedo un attimino sotto quest'albero...

"Angela è una persona normale, ma come ragazza è speciale.

Il primo istinto, per un uomo, è quello di capire dove ella stia guardando. Non perché lo faccia in modo strano, ma piuttosto perché i suoi occhi sembrano sempre rivolti verso posti lontani, dove tu vorresti essere, sebbene ciò sia impossibile.

Anche se le cammini affianco, o se le parli di qualcosa, hai come l'impressione di non essere stato dove lei realmente si trovava.

Alla fine di un pomeriggio passato insieme ad Angela, dubiti perfino di esistere, soprattutto se hai cercato di essere razionale o di insegnarle qualcosa. Essa non impara... ma non perché è chiusa, bensì perché è troppo disposta ad imparare e ha sempre almeno un dubbio che tu non puoi nemmeno tentare di risolvere.

Non c'è modo di confidarle qualcosa di intimo senza essere già in intimità. Lei invece è "intima" anche quando sbadiglia... meno quando sorride. E comunque ha un bellissimo sorriso...

Nella vita di tutti i giorni Angela è un po' come tutte le persone, simili alle formiche; forse è una formichina un po' indisciplinata, ma anche lei contribuisce, nel suo piccolo, a raccattare mollichine e briciole di pane per portarle dentro il formicaio".

Ho camminato a lungo in questo sentiero di campagna. Ho mangiato il mio panino con la mortadella e non ho sporcato, a parte qualche mollichina. Adesso potrei anche continuare...

Saremo pochi

" Pronto... sono Stefano c'è Gianni? "

" Ciao Stefano, sono io Gianni "

" Senti, sabato faccio il compleanno e tengo una festa a casa mia. Ho invitato qualche amico.. saremo pochi perché la casa è piccola... "

" Mi fa piacere che mi hai chiamato. Dimmi, a che ora è? "

" È alle nove di sera. Comunque ti ho chiamato per dirti che non sei invitato. Sai com'è, non vorrei che tu lo venissi a sapere per via traversa e poi magari ti offendi perché non te lo avevo detto.

Guarda, io sto facendo molte telefonate... se senti Franca e Mario dai loro il mio invito a non venire ".

Quando Gianni posò la cornetta era ancora un po' sconvolto per la telefonata ricevuta. Pensò che Stefano è sempre stato un po' stravagante e, da lui, uno se le aspetta certe stranezze.

Tuttavia, passati dieci minuti, Gianni incominciò ad avere le idee più chiare sulle intenzioni di Stefano e sulla posizione che doveva prendere egli stesso in merito alla questione.

Così scese di casa e girò per i negozi. Ci vollero due ore, ma alla fine riuscì a trovare il regalo adatto, esposto in una grande vetrina. Era una verretica arancione, proprio come quelle che Stefano adora.

Il giorno del compleanno, a casa di Stefano arrivò una busta... dentro c'era un biglietto e la foto della vetrina di un negozio.

"Devo dire di sentirmi onorato per essere stato 'non invitato' alla tua festa.

In quella vetrina c'è il regalo che ti avrei fatto.

Non ringraziarmi... in fondo te lo sto 'non dando'.

Concludo dicendoti che Franca e Mario hanno apprezzato poco il tuo non-invito. Credo che non si faranno più sentire se non porti loro le tue scuse.

Gianni.

P.S. Anche io ho molti falsi-amici. Penso quindi che farò al più presto una festa come la tua. Ti conosco troppo bene, per non capire che in realtà non hai invitato nessuno...

Non so se trascorrerai la serata a leggere, a guardare la TV, o se uscirai a farti una passeggiata. In tal caso se passi vicino casa, bussami alla porta. Chissà che io non scenda con la verretica arancione!"

Un gatto

Gigi è un gatto che vive (e vegeta) a casa di Paolo. Il padroncino gli prestava tutte le possibili attenzioni e malgrado ciò esso miagolava, faceva i capricci, graffiava le poltrone, vomitava sui tappeti, mordeva gli estranei, non cacciava gli scarafaggi e non stava mai fermo. L'unico pregio di un gatto come Gigi è che la sua carne è tenera perché appartiene ad una razza molto particolare. A mangiarselo c'è da leccarsi i baffi: i suoi naturalmente.

Nessuno comunque a casa di Paolo avrebbe il coraggio di uccidere Gigi, perché in fin dei conti tutti si sono abituati all'idea di sopportare quei modi tanto stravaganti. Sono sicuro che se fosse stato un gatto banale già lo avrebbero ucciso e divorato.

L'altro giorno sono andato a cenare a casa di Paolo e ho mangiato carne di coniglio. Non potevo crederci quando mi hanno detto che in realtà erano cosciotti di gatto. Poi però mi hanno fatto vedere Gigi ed effettivamente ho dovuto crederci: gli mancavano le quattro zampe.

Ora effettivamente Gigi non fa più i capricci, non graffia le poltrone, non morde gli estranei, sta sempre fermo, però miagola sempre e si vomita addosso. Gli scarafaggi gli camminano di sopra e nessuno gli presta più nessuna attenzione. A questo punto non era meglio mangiarselo tutto intero?

La corsa

Quel giorno, nella palestra che allora frequentavo, giravamo tutti in cerchio e in fila indiana, per iniziare il riscaldamento dei muscoli. Poiché eravamo in molti, la distanza tra l'uno e l'altro era piccolissima e pressoché uguale, da persona a persona. L'istruttore disse:

"Correte più veloci, non dovete camminare o saltellare !"

Ognuno di noi aveva davanti a sé un compagno molto vicino, dunque ognuno di noi aspettava che questo si muovesse più veloce per potere, vedendolo più lontano, iniziare a correre. Ovviamente ciò non accadeva per il fatto che la piccola distanza tra l'uno e l'altro impediva a chiunque di prendere l'iniziativa di correre più veloce degli altri. Tutti aspettavano che il compagno davanti aumentasse il passo e tutti dunque rimanevano lenti nella corsa.

"Vi volete muovere, si o no?" - insistette l'istruttore.

Avendo io capito la situazione feci la cosa più intelligente, ma anche la più innaturale: aumentai il passo buttandomi praticamente sopra il compagno che avevo davanti. Chi mi stava dietro, come nelle mie previsioni, vedendomi avanzare accelerò la sua corsa e così a catena: da quello dietro di lui a quello che mi stava davanti. Finalmente andammo a passo sostenuto.

Dopo l'allenamento mi fu detto:

"Che cazzo hai fatto? Correndo mi sei venuto di sopra. Stai attento la prossima volta. Avevo già il piede slogato... ci voleva solo il tuo intervento per migliorare la situazione !"

"Perché, cosa avrei dovuto fare?" - risposi sicuro del fatto mio.

"Non ci arrivi?" - disse, con un tono che sembrava mettere in discussione la mia intelligenza.

"No, non ci arrivo!" - dissi.

"Ebbene" - continuò con lo stesso tono - "dovevi aspettare che io iniziassi a correre, no? Però tu sei un cretino e certe cose non le capisci... "

Mi dispiacque un po', ma non potei evitare di ridergli in faccia.

La crisi

"Io ti assumo" - disse Ilde a Maria - "però, ti metto un mese in prova. Se tu non fai aumentare le vendite ti licenzio".

Maria cominciò da subito a lavorare nel negozio di vestiario con grande dedizione, facendo di tutto per accattivarsi la simpatia dei clienti e per tenere ordinato e pulito il negozio. Faceva certamente più di quanto gli spettasse. Purtroppo, però, le vendite non aumentarono e Maria fu licenziata.

Ilde assunse allora Francesca e la tenne anche dopo il mese di prova, perché con lei si vendette un po' più del normale.

"Il mese scorso" - disse Ilde ad una sua amica commerciante - "ho avuto un calo di vendite. Questo mese le cose, però, sono andate benino".

"Sì, lo so" - rispose l'amica - "il mese scorso tutti i negozi di vestiario hanno venduto poco, chissà poi perché! Questo mese però è tutta un'altra cosa, si vende benissimo... "

"Benissimo magari no... diciamo benino".

Il mistero interiore

Nell'aula universitaria si svolgeva la lezione di storia.

Gabriella spesso guardava Marco e anche lui a sua volta la guardava, però, in maniera strana. Col tempo era nata una certa intesa fra i due e il fatto che non si conoscessero stimolava il desiderio di incontrarsi e parlare.

Succedeva però un fatto strano: se Marco si girava verso Gabriella, questa, felice e emozionata, cercava di ricambiare l'interesse con un sorriso e con sguardi accattivanti. Lui, invece, rimaneva del tutto indifferente, tanto infine da girarsi senza avere accennato un saluto o un minimo sorriso.

Questo atteggiamento si ripeteva già da molti giorni e in lei aumentava sempre più la voglia di capire Marco, e il suo strano modo di fare. A sua volta in Marco era forte il desiderio di incontrarla al più presto.

Tornando a casa Gabriella soleva dire all'amica :

"Questo tipo è assurdo, nasconde un mistero interiore che vorrei conoscere. E' timido, riservato e spesso imbarazzato, ma mi piace. Come posso avvicinarmi a lui? E' sempre così distaccato!! Pensa che a volte persino gli sorrido, ma lui niente... "

E Marco disse un giorno ad un amico :

"C'è una ragazza all'università che mi vuole, però io non la vedo bene. Credo proprio che sia arrivato il momento di comprare gli occhiali nuovi. Sai, capisco che mi guarda perché si gira sempre verso di me, però non riesco mai a distinguere le espressioni del suo viso. Non è assurdo?"

Passarono un paio di giorni e Marco ebbe le lenti a posto. Una settimana dopo Gabriella già non lo guardava più.

Quello che viene

Giuseppe e Andrea spesso parlano dei propri problemi. Quel giorno era Andrea ad averne uno.

"Sai Giuseppe, io sento di fare ciò che ti ho detto prima, però, la ragione giustamente me lo impedisce. Vedi, io sono convinto che l'uomo non debba essere guidato solo dai propri istinti. Credo piuttosto che l'intelletto debba filtrare le sensazioni e valutare se sia o no opportuno agire nella direzione in cui esse ci guidano. Io vorrei fare ciò che ti ho detto, ma so che questo sarebbe un male".

"Io la penso diversamente. Me lo ha insegnato mio nonno. Lui dice che l'uomo deve fare ciò che gli viene spontaneo perché è quello il suo bene... del resto mio nonno è una persona molto semplice. Ciò non è limitativo : la semplicità è una grande dote con la quale spesso si vede molto più lontano. Comunque ora ti saluto, devo andare... pensaci bene e poi mi farai sapere".

Dopo quattro giorni Andrea telefona a Giuseppe.

"Pronto Giuseppe, senti possiamo vederci oggi per parlare di quel fatto?"

"No Andrea, mi dispiace... è morto mio nonno e devo restare a casa".

"E... come è successo?"

"È morto di diabete. Mangiava sempre troppi zuccheri... dalla mattina alla sera caramelle e cioccolati. La vita gli ha giocato un brutto scherzo".

"Mi dispiace... comunque per quel discorso non c'è più bisogno di parlarne: ho capito cosa dovrò fare. Quando ci sentiremo ti dirò tutto... ".

Non c'è da sbagliarsi

In un aula dell'università di psicologia il professore spiegava una certa teoria. Alla fine fece un esempio.

"Supponete che accanto a voi sia seduta una persona e che accavalli le gambe nella vostra direzione. Questo significa, secondo il modello ora spiegato, che quella persona è attratta da voi. Se invece accavalla le gambe nella direzione a voi opposta, allora in qualche modo gli state suscitando repulsione. Non c'è da sbagliarsi. Vedete... la psicologia è una disciplina molto precisa!"

Emanuele che seguiva la spiegazione perplesso, diede un colpo d'occhio all'aula e vide quello che aveva pensato di poter trovare, nonché disse :

"Scusi professore ! Li vede quei miei tre colleghi messi in terza fila? Come può osservare la ragazza sta al centro fra i due ragazzi e accavalla le gambe verso quello di sinistra. È attratta da lui o è respinta dall'altro?"

L'appuntamento

Bu e Giardo avevano fissato un appuntamento alle nove, in piazza Garibaldi, ma nessuno dei due, poi, volle andarci. L'uno preferì fare una visita ad una ragazza, l'altro rimase a casa a giocare col computer.

Poi per telefono Bu disse a Giardo :

"Scusami se non sono venuto, ho dovuto accompagnare mio zio all'ospedale".

Giardo, dal canto suo, pensò di nascondere la propria pecca e disse :

"No... non preoccuparti, piuttosto potevi mandare qualcuno ad avvisarmi. Ho aspettato inutilmente... "

"Come?" - ribatté Bu, "... io ho mandato Francesco ad avvisarti ! Perché, non è venuto? Ora lo chiamo e gliene dico quattro... "

Giardo capì di essere stato troppo superficiale nel mentire, ma non c'era rimedio.

"Ma no, lascia stare" - si limitò a dire - "... non ha molta importanza !!"

"Nemmeno per sogno, tra amici va chiarito tutto, altrimenti i rapporti si guastano".

Dopo aver finito di parlare con Giardo, Bu chiamò subito Francesco.

"Pronto Francesco, perché non hai fatto quello che ti ho chiesto ? Me lo avevi promesso... "

"Lo so, scusami... però questa mattina mi sono alzato tardi... sapessi ieri che serata!"

La verità di Francesco riuscì solo a far sì che si trovasse qualcuno su cui scaricare ogni colpa, e comunque non è poco. Tanto che, da allora, furono due i risultati ottenuti.

I rapporti fra Bu e Giardo migliorarono... l'amicizia di entrambi con Francesco, invece, si spense piano, piano...

Potrai fare quello che vorrai

Noi in generale non crediamo alle bacchette magiche che possano risolvere i nostri problemi. C'è, però, chi ci crede.

Tempo fa una fatina è andata da Pippo il credulone e gli ha detto:

"Senti Pippo, io con la mia magia posso fare qualche cosa che potrà risolvere i tuoi problemi. Lo so che ormai vivi la vita in maniera insoddisfacente. C'era un tempo in cui volevi sfidare il mondo con la forza delle idee, con le passioni e col tuo sentire. Ora invece lo stai accettando e vivi le sue contraddizioni per non rischiare di finire distrutto. Io voglio aiutarti facendoti vivere come una volta.

Intanto fermerò il tempo reale e con la mia bacchetta magica ti porterò in un mondo uguale al tuo. Avrai lì le stesse tue strade, gli stessi tuoi amici, le stesse tue possibilità e tutto quanto il resto. Un mondo uguale al tuo, ma completamente inesistente... illusorio. Potrai fare quello che vorrai senza il timore di subire alcuna conseguenza. Nel mondo reale nulla sarà per te modificato. E quando arriverà poi il momento io ti riporterò fra la tua vera gente e farò ripartire il tempo dall'esatto istante in cui l'avevo fermato. E sarai nuovamente immerso nella vita reale. Saprai, però, se la direzione delle proprie aspirazioni è quella che nel mondo distrugge se stessi, o se al contrario è quella che conta veramente".

Pippo che, come detto, crede alle fatine accetta la proposta.

"Allora Pippo, addormentati, e domani ti troverai dove ti ho detto".

E così l' indomani Pippo cominciò a vivere veramente. La fatina però non si vide più.

Noi, continuando a credere che esista un mondo reale, non viviamo quasi per niente.

L'ho sempre sognato

Nel futuro...

"Ciao Marco, come stai? È molto che non ci contattiamo".

"Sto bene, comunque ti ricevo male nel mio computer, tu che fai?"

"Niente di entusiasmante... lavoro, però guadagno poco. Lavoro sempre per la M. G. B. S. A. e faccio i soliti sistemi di equazioni differenziali, non omogenei con coefficienti variabili e di ordine infinito... una palla terrificante. Questi lavori mentali sono davvero alienanti".

"Lo so ti capisco. Anche io guadagno poco e faccio pressappoco lo stesso lavoro. Comunque... cambiamo discorso. Lo sai... ho comprato il bicchiere automatico che quando hai sete si riempie da solo e tramite l'antigravità vaga per la casa fin quando ti raggiunge e ti versa la bevanda direttamente sulla bocca senza che tu lo debba reggere. Quando ho sete non devo più premere nessun pulsante... l'automatismo avviene tramite degli algoritmi che calcolano la variazione di umidità nella stanza, dovuta alla sete".

"Capisco... è una cosa graziosa. Lo sai che però io ogni tanto vorrei muovermi? È già da un anno che sto qui nella poltrona multi-uso davanti al mio computer. L'ultima volta che mi sono mosso non sapevo neanche cosa fare. Ho alzato prima la gamba destra, poi la sinistra e poi sono tornato qui".

"Sei sempre stato avventuroso nella vita... io non mi creo i problemi che ti crei tu. Non mi interessa muovermi. Se penso a quei bastardi operai mi viene il vomito. Sono gli unici al mondo che ancora si muovono, sono pochissimi e potentissimi. Del resto si doveva prevedere che tutto non si poteva automatizzare.

Speriamo che quei tiranni mi aumentino lo stipendio così mi compro il merdatore automatico. L'ho sempre sognato".

Tu cosa ne dici ?

A Luciano Geminiani piaceva Wanda, ma non la conosceva che di vista. Trovato il suo indirizzo le scrisse questa lettera:

"Wanda,

avrai certamente guardato il fondo della lettera, ma nell'invano intento di scoprire un nome conosciuto. E invece no, non mi conosci. Ebbene... neppure io ti conosco. Solitamente, tu pensi, una lettera ha senso, come tale, se almeno uno dei due conosce l'altro altrimenti non di lettera si tratterebbe, bensì di una sorta di saggio o monologo o qualche cosa del genere. Io non sono di questa opinione. Se tu pensi che gran parte dei rapporti umani hanno alla base il nulla capisci cosa voglio dire. Insomma... molto spesso è solo l'illusione di conoscere qualcuno che ti spinge a volere con quel qualcuno comunicare... tu cosa ne dici?

Il pretesto è poi veramente una falsità! Perché limitarsi a comunicare con le sole persone che possano trovarne uno accettabile? Non ci si priva così di tutto ciò che sta immediatamente oltre il nostro piccolo e spesso insoddisfacente contesto quotidiano?

Se vuoi scrivermi o telefonarmi fallo adesso, senza lasciare al tempo il compito di invogliarti ulteriormente.

Se non lo vuoi, allora scusami per l'invadenza o comunque per la mancanza di ciò che poteva accompagnare meglio le parole che hai letto.

Luciano

P. S. Ti ho vista se ciò può incuriosirti".

In casa Geminiani, qualche giorno dopo, squillò il telefono:

"Pronto... c'è Luciano ?"

"Sono io... chi parla ?"

"Sono Wanda. Ho ricevuto la tua lettera e l'ho trovata molto bella. Hai ragione tu! Spesso l'esigenza di possedere un pretesto limita molto la vita, nelle sue possibilità. Senti, ti piace la musica ?"

"Si, perché ?"

"Oggi al teatro Seneca c'è un concerto di Vivaldi. Possiamo vederlo assieme se ti va. Poi mi dici chi sei!!"

Per quanto a Luciano risultasse piacevole parlare di musica, quando accettò l'invito non pensava che sarebbe rimasto una serata intera a parlarne con Wanda.

Di fatto quello della musica fu il pretesto che accompagnò i loro, seppure non molti, incontri seguenti.

Ex umile

Emanuele aveva deciso di fondare un'associazione di tipo filosofico. Quel giorno di cui vi parlo si svolgeva la prima riunione e, per conoscere come i soci fossero predisposti al dialogo, Emanuele fece questa domanda:

"Secondo voi è meglio chiedere senza essere ascoltati o rispondere senza avere ascoltato?"

"È sempre meglio rispondere senza avere ascoltato che chiedere senza essere ascoltati"., asserì il Presuntuoso.

"Io" - disse l'Umile - "preferisco chiedere senza che nessuno mi ascolti piuttosto che rispondere senza avere ascoltato".

"Secondo me sono due situazioni negative di uguale gravità"., disse il tipo Convenzionale.

"Invece, secondo me" - asserì il Disadattato - "sono verificate sempre entrambe, irrimediabilmente. Non c'è nessuno che ascolta veramente ciò che cerchiamo di dire".

"Io posso dire che non si verifica mai né l'una, né l'altra situazione"., sostenne il Superficiale.

"L'importante è parlare" - concluse infine il Chiacchierone.

Quando poi si chiese a Emanuele di dare risposta al quesito da lui sollevato, questo disse:

"Non esiste una soluzione alla mia domanda. Però, ogni vostra risposta, risponde alla domanda che vi volevo fare e che non vi ho fatto... adesso so come ognuno di voi intende dialogare".

Queste parole suscitarono rabbia e risultarono a tutti offensive, fatta eccezione per l'Umile che poi fu il solo a diventare e rimanere amico di Emanuele.

L'associazione presto cessò di esistere.

Ieri Emanuele ed Emanuele (ex umile) stavano parlando a dei possibili soci di una nuova associazione, nata sulle ceneri di quella precedente.

"Secondo voi, è meglio chiedere senza essere ascoltati o rispondere senza avere ascoltato?"

Una colomba

Il cielo si era ricoperto di fitte nuvole scure e Maria camminava in gran fretta sulla strada che l'avrebbe portata fino a casa di Giovanna, una sua amica. Sembrava dovesse piovere a momenti.

"Speriamo" - pensò Maria- "che non pioverà !"

Nel frattempo vide una colomba volare sopra la propria testa e un attimo dopo, sentì qualcosa di liquido caderle sul collo. Non fu mai così contenta di apprendere che iniziava a piovere. Poi pensò:

"Vaffanculo, piove !"

Il saggio

"Dicono che sono il saggio del paese. Chiedimi ciò che vuoi. Ti risponderò, se posso".

"Dopo un litigio mi sono lasciato con la mia ragazza. So che nessuna coppia può durare tutta una vita. Non esiste una storia ideale, però..."

"Ti sbagli, ragazzo mio. C'è una coppia inseparabile che conosci molto bene ... tu e te stesso. Quando un ragazzo e una ragazza si mettono assieme, in realtà sono quattro le persone che sono destinate a convivere. I "se stessi" però vengono fuori dopo e sono quelli che creano più problemi.

Mettere d'accordo due persone è difficile, soprattutto quando sono diverse... figuriamoci quattro".

"Non credo di avere capito molto".

"È un'evoluzione naturale. All'inizio ti innamori della ragazza. Poi è te stesso che si deve innamorare, altrimenti il futuro riserba solo sofferenze e incomprensioni. Col passare degli anni sono solo gli amori fra i "se stessi" che resistono. Si può schematizzare così:

1) Tu ti innamori di lei .

2) Te stesso si innamora di lei.

3) Te stesso si innamora di lei stessa.

Non è frequente che si arrivi al punto 3). Tu con la tua ragazza sei arrivato al punto 2). Non so quanto può confortarti se ti dico che sei stato fortunato. I punti 2) e 3) sono come un cancro, ma il punto 1) se dura troppo è ancora peggio..."

Ma dai, che c'entra ?

Giacomo abita in un piccolo paese. Lì, fino a qualche tempo fa, nessuno attribuiva al sabato sera un particolare significato. Anzi, visto che domenica mattina era in uso di uscire presto per trascorrere fuori l'intera giornata (in campagna per esempio, per un pranzo...), tutti preferivano, la sera del sabato, andare a letto prima del solito.

Giacomo lavorava tutta la settimana da lunedì a sabato e la domenica era ogni volta come mandata dal cielo. La trascorreva fuori con gli amici in questo o in quell'altro posto... a raccogliere funghi, castagne, o a cuocere e preparare cibi alla brace. D'inverno, quando di domenica c'era la neve, Giacomo e i suoi amici si divertivano a scivolare con dei teloni lungo i pendii delle montagne o lungo strade ripide, ricoperte di ghiaccio, che nessuno, in macchina, aveva il coraggio di percorrere. Anche le domeniche piovose avevano un certo fascino in casa di questo o quello, tra un discorso ed un altro, tra un sorso di te e un morso al biscotto fatto in casa.

Poi... qualche anno in più ha portato al paesello la frenesia del sabato sera e, lo sanno tutti... in un paese, proprio di sera, non c'è niente da fare. Si capisce poi che la scelta di divertirsi e svagarsi la sera del sabato non può che distruggere l'usanza di una domenica tranquilla, qua e là insieme agli amici. Dopo una nottata passata squallidamente, per esempio nella discoteca della più vicina città, non ci si può certo alzare presto, la mattina seguente. Una domenica mattina bruciata finisce poi col trasportarsi nel non far nulla anche ciò che resta della giornata.

Giacomo aveva capito tutto questo e cercava di convincere gli amici affinché non si sentissero per forza in dovere di fare, nella loro vita, di ogni sera del sabato un assurdo "sabato sera".

"Cosa mai possiamo fare in quelle poche ore del sabato sera... cosa mai potrà sostituire le nostre lunghe e tranquille domeniche ?" - diceva Giacomo agli amici.

"Ma dai, che c'entra" - rispondevano questi - "domenica usciamo lo stesso, magari di pomeriggio".

Oggi è sabato e Giacomo è triste, lì nelle scalinate della casa vecchia, in paese. I suoi amici alle dieci di sera non hanno ancora deciso cosa fare. Prima o poi, Giacomo lo sa, qualcuno proporrà la solita discoteca.

Per altri versi

Alla festa del paese Giorgio dice a Marco:

"Secondo te lo sforzo che noi facciamo nello schiacciare una nocciolina è compensato dall'energia che ci fornisce poi la singola nocciolina ?"

... e Marco:

"Tu pensi che uno possa vivere di sole noccioline ?"

"Penso di si... in guerra c'era persino chi viveva di radici".

"Vuoi ancora che io risponda alla tua domanda o credi sia meglio continuare a schiacciare noccioline ?"

La fine dell'uomo

I fratelli Andrea e Giovanni studiavano entrambi ingegneria. Quel giorno di cui vi parlo lessero sul giornale "La scienza" un articolo riguardante le possibilità teoriche di realizzare la macchina del tempo.

Andrea disse a Giovanni:

"Tu non credi che un giorno si potrà inventare la macchina del tempo ? Io sono fiducioso... la scienza fa passi da gigante. Secondo me è questione di qualche decennio".

"Come fai ad esserne così sicuro?" - rispose Giovanni.

"Te l'ho detto. Mi fido molto del progresso scientifico...

"Cosa faresti tu con la macchina del tempo se la inventassero adesso ?"

"Andrei nel passato per avvisare tutti della grande scoperta".

"Sei proprio una scemo !".

"Perché ?".

"Ancora dal futuro non è venuto nessuno a dirci che hanno inventato la macchina del tempo! Ciò vuol dire che nessuno mai la inventerà! ".

Andrea per un po' stette in silenzio. Poi ad un certo punto, impaurito, urlò forte:

"Sai cosa implica quello che hai detto ? Implica che l'uomo presto si distruggerà ! Se nessuno dal futuro viene a dirci che è stata inventata la macchina del tempo è solo perché l'uomo non vivrà tanto da poterla inventare... è chiaro: si distruggerà prima ! Ti rendi conto... la fine dell'uomo è imminente !".

La madre stava lì, in cucina, ad ascoltarli mentre preparava da mangiare. Quando tutto fu pronto disse infine: "Ragazzi, venite a tavola che è pronta la cena. Per oggi l'umanità è salva".

Divieto d'accesso

Elio con il motorino girava per le strade della città. Quel giorno era particolarmente contento perché aveva trovato lavoro, dopo tre anni dal suo ultimo. Dopo un tratto di via Venezia prese a destra, immettendosi su una strada con divieto d'accesso. Subito si trovò davanti un vigile urbano.

"Lei lo sa" - disse il vigile - "che sta andando contro senso ?"

"Si, lo so, però ho fretta!".

Il vigile molto indispettito, non fu affatto indulgente e disse freddamente:

"Le devo fare una multa di cinquantamila lire. Mi dia i documenti. !".
"Va bene tenga... in fondo è giusta una multa di cinquanta lire".

"Forse lei mi vuole prendere in giro... ho detto cinquantamila, non cinquanta lire".

"Guardi che è lei che non ha capito... questa strada l'avrò fatta almeno un migliaio di volte e nessuno mi ha mai detto niente. Le resta da fare una moltiplicazione per capire cosa volevo dire. Adesso tenga... questi sono i miei documenti... "

Quando poi la multa arrivò a casa, Elio aveva già perso il lavoro.

Un fuori gioco

Martino era il bambino più carismatico del quartiere Terrarota. Di fatto era il capo: colui di cui tutti avevano paura, pur conservandone stima e rispetto.

Quel giorno i bambini del Terrarota giocavano a calcio... fin quando Martino, in evidente fuorigioco, tirò in porta e segnò.

"Non vale" - dissero tutti - "... è fuori gioco!"

"Ma che dite" - rispose Martino - "il gol è valido".

Nessuno ebbe il coraggio di fiatare, tranne Emanuele.

"Siete i soliti idioti, vi fate comandare da Martino. Gli obbedite anche se sapete di avere ragione! Basta me ne vado".

A Martino stava sfuggendo il controllo della situazione, dunque decise di sferrare verso Emanuele una pallonata. La distanza che separava i due bambini era grande, e per questo Martino non era affatto certo di centrare il bersaglio. Inaspettatamente invece Emanuele fu colpito in piena nuca.

"Chi è stato ?" - chiese Emanuele.

"Sono stato io"., rispose Martino, fiero del proprio gesto.

"Tu non riusciresti a prendermi nemmeno se ti fossi a due metri di distanza. Sei troppo scarso!!"

Poi gli lanciò la palla e continuò:

"Se veramente sei così bravo fammi rivedere quello che hai appena fatto. Io rimango qui, fermo... avanti, prova a colpirmi nuovamente!!"

Martino sapeva che se ci avesse provato avrebbe sicuramente fallito. Del resto non poteva deludere tutti i compagni che stavano guardando. Allora, con una cattiveria inaudita, prese il temperino che aveva in tasca, lo mostrò con aria minacciosa e infine squartò il pallone. Poi prese quest'ultimo, lo poggiò per terra e calciò potentemente verso Emanuele. Il pallone, come previsto, sgonfio e spaccato non fece più di cinque metri.

"Ringrazia..." - urlò Martino verso Emanuele -
"ringrazia che il pallone è sgonfio. Questa volta ti avrei
staccato la testa.

Anche quel giorno il gesto del capo quartiere
contribuì a consolidare il timore che tutti avevano di lui.

Da quel giorno, però, di contro, Martino perse
molto in stima e rispetto.

Quattro piccole monetine

Elena aveva da poco lasciato il suo caro amico Daniele all'aeroporto.

"Beato lui... se ne va in Australia per quattro mesi"., pensava ripetutamente.

Dopo avere comprato un gelato, nel bar fuori dall'aeroporto, Elena ricevette per resto tre piccole monetine. Subito pensò:

"Se io raccolgo per un mese intero tutte le monetine che mi capita di avere tra le mani, potrò poi con queste telefonare a Daniele. Ogni monetina mi farà parlare con lui almeno un momento e la somma di tutti i momenti della telefonata sarà anche la somma dei pensieri su Daniele che ogni singola monetina mi avrà ispirato... ".

Di fatto Elena racimolò veramente le monete, per tutto l'arco di un mese, mettendole in una scatola da tè nascosta gelosamente sotto il letto. Finalmente poi arrivò il giorno della telefonata.

"Pronto... c'è Daniele ?"

"Sono io, chi parla ?"

"Sono Elena... come, non mi riconosci ?"

"Certo, scusa... come va ?"

"Bene !! Per un mese intero ho raccolto tutte le monete che ho potuto. Non trovi che sia un'idea carina?"

"Non sento bene... parla più forte!!"

Non si dissero quasi più niente perché presto le monete finirono. Elena chiuse la cornetta un po' delusa e insoddisfatta... poi dalla cabina telefonica in cui era, tornò subito verso casa.

Nel frattempo in un paese dell' entroterra sardo due vecchi pastori erano seduti davanti al camino. Mangiavano l'agnello arrosto e brindavano alla salute, con un bel bicchiere di vino rosso.

Fece come le dissi

Dicono tutti che io sono lunatico, dicono che cambio umore spesso e senza buoni motivi.

Ieri eravamo al cinema, io e i miei amici. La sala non era affollata e alla mia sinistra c'erano parecchi posti liberi. Poco prima che iniziasse il film un gruppo di persone stava prendendo posto, proprio lì, nelle poltrone alla mia sinistra. La persona del gruppo che si sarebbe seduta più vicino a me era una ragazza... carina e disinvolta nel portamento.

Mentre si stava per sedere le dissi di prendere posto proprio nella poltrona accanto alla mia. Di fatto fece come le dissi e i suoi amici si sedettero in fila dopo di lei... tutto ciò mi sembrava assurdo. Che senso aveva quel mio invito? La sala come ho già detto era semi vuota, dunque nessun problema di posti. Inoltre vicino a me la visuale non era affatto migliore. Ero sicuro che anche lei si stesse chiedendo il senso di tutto ciò, però, dovevo averle fatto una buona impressione a giudicare dal sorriso che mi fece dopo essermi seduta accanto.

Mentre guardavo il film sentivo che le mie gambe sfioravano le sue e tutto ciò poteva sembrare normale se non ci fosse stato l'invito, i dubbi e i nostri pensieri... infatti i posti erano molto vicini, dunque bisognava proprio prestarci attenzione per non toccarsi, in qualche modo, con chi ti stava accanto. In realtà sentivo che anche quel piccolo contatto non era normale. L'ambiguità che ci stava dietro faceva scaturire una strana specie di piacere, che rimaneva comunque nascosto in me, al pari di un intimo segreto. All'invito, ai pensieri, ai dubbi sul senso di quella presenza vicina, si aggiungeva questa cosa vera... il contatto seppur debolissimo tra i nostri polpacci. E' difficile far capire: c'erano due mondi paralleli che scorrevano insieme sullo stesso tempo. Un mondo era reale e tutti lo potevano constatare e, in questo mondo, io e lei non eravamo legati se non dal fatto di guardare lo stesso film. L'altro era un mondo nascosto che ci univa, ma in qualcosa di cui noi stessi dubitavamo.

Il tempo passava e noi tendevamo sempre più verso un contatto reale. Sentivo il suo corpo.

Sebbene a questo punto non potevamo pensare, entrambe, che tutto ciò fosse normale, di fatto continuammo a fingerci intenti alla sola visione del film. Però, a lungo andare, quella situazione non ci entusiasmava più. Il mondo del mistero a poco a poco svaniva. Decisi quindi di accavallare le gambe nella direzione a lei opposta. Il contatto infatti non aveva più senso, privo dei dubbi che lo avevano determinato.

Finì il primo tempo. Lei rimase seduta dov'era e si mise a parlare con le amiche. Sentivo che la voce le tremava. Disse alle amiche di sentire freddo, per giustificarsi. Io dal canto mio, parlando con i miei amici, manifestavo incredibile sicurezza. Il fatto di sentire lei emozionata mi rendeva entusiasta. Non poteva esserlo che per me.

Iniziò il secondo tempo. Si spensero le luci e subito io e lei ci toccammo. Misi la mano sinistra sopra il mio ginocchio e poi la spostai in modo da infilarla tra la sua e la mia gamba. Anche lei mi venne incontro offrendomi il contatto delle sue mani. E così... ci accarezzammo vicendevolmente per la prima volta. I due mondi, quello del dubbio e quello della realtà, fino ad allora separati, si intersecarono. Rischiammo di essere visti. Lei prese allora la giacca che aveva prima posato in una poltrona della fila dietro noi e se la mise di sopra, per coprire le gambe e la vita. Così potei toccarla sotto la giacca senza essere visto. Credo che lei finì col godere. Anche io in un certo senso. Consumammo così la nostra realtà.

Alla fine del film non ci siamo nemmeno guardati in faccia. Però io in fondo ero contento. Lì, in quel cinema, il nostro mondo era nato dubbioso e pensieroso ed era terminato, congiunto con la verità delle cose reali. All'uscita, davanti al cinema, scherzavo molto con le mie amiche e loro non capivano perché. Mi piaceva corteggiarle e adularle davanti a lei che stava lì col proprio gruppo di amici e faceva finta di ascoltare i loro commenti sul film. Amavo l'idea che mi credesse un don Giovanni. Quando se ne andò, però, io diventai malinconico. Finii di scherzare con le mie amiche e queste confermarono e consolidarono l'idea che avevano di me.

Comunque loro, nel pensare che io fossi stato ancora una volta lunatico, mi rassicurarono... non si erano accorte di nulla.

Lo fece parlare

Remo non parlava mai di sé, anche se avrebbe sempre voluto farlo. Un giorno poi, conobbe una ragazza che lo fece parlare.

Per Remo fu una felice parentesi di vita.

Per lei, invece, fu un insieme di felici e facili "parcelle".

La direzione giusta

Emanuele nei periodi di riflessione è solito prendere un autobus a caso per lasciarsi trasportare, ciclicamente, lungo le strade della città. La sensazione è quella di chi non sa dove sta andando, ma sa che prima o poi tornerà là dove era partito... una specie di piccolo viaggio.

In quel periodo per Emanuele l'università era un problema... pur non essendo troppo indietro con le materie e pur avendo una buona media, egli sentiva che il vero studio era ben lontano dal potersi realizzare, semplicemente sostenendo questo o quell'esame.

La mattina di cui vi dico, Emanuele, dopo essere sceso di casa, piuttosto che andare all'università per seguire le lezioni, preferì prendere un autobus qualsiasi e lasciarsi trasportare. E lì, seduto con lo sguardo rivolto fuori dal finestrino, pensò a come potere risolvere il problema dello studio. Ad un certo punto si sentì chiamare:

"Ciao Emanuele come va? È molto che non ci sentiamo".

"Ciao, Giuseppe, ti trovo bene... "

"Lo credo... ho superato l'esame di Elettronica I. Tu dove vai?"

"Vado a casa. E tu dove vai?"

"Io vado all'università, a studiare... ma dimmi piuttosto, casa tua non è nel verso opposto?"

"Ho l'impressione che neanche tu sei sulla strada giusta... io però ne sono sicuro: a casa prima o poi ci ritorno".

A nome mio

Negli ultimi due anni è successa una cosa incredibile: i sondaggi hanno via via perso completamente di credibilità.

Le fabbriche falliscono perché per la produzione si attengono a sondaggi che non ne indovinano una. I giornali non sanno più quante copie devono vendere ogni giorno. Alle elezioni si prevedeva che l'affluenza alle urne sarebbe stata del 74% mentre invece è stata del 96%. Si prevedeva che vincesse il partito D. S. D. col 58% dei voti, invece ha vinto il partito S. D. S. col 68% . Anche per la TV i dati di ascolto sono sempre errati e chi organizza gli spettacoli non sa più come deve regolarsi per vendere la pubblicità.   È   veramente incredibile che per sapere il parere della gente non è più possibile ricorrere a indagini su dei campioni limitati, sparsi qua e là nel territorio.

Io, pur essendo un matematico, non riesco a dare nessuna spiegazione. Forse il filosofo ne azzarderà qualcuna, ma credo che solo il signor Rossi potrà intuire cosa diavolo stia accadendo. È un vero peccato che non possiamo più chiedergli cosa ne pensa.

I venti

Gino era un uomo tutto di un pezzo.

Non ha mai riso, sempre a letto presto, mai assente al lavoro, mai un eccesso, mai scorretto con nessuno.

La sua espressione comunicava assoluto rigore etico e senso di profonda giustizia. Non ha mai avuto moglie, né figli. Amava soltanto leggere e godere della cultura.

Ha pianto solo una volta: quando pensò cosa la gente avrebbe detto di lui, al suo funerale.

Ma io gli ho mandato la pioggia e il temporale, i fulmini e i venti, il giorno in cui morì e nei giorni a seguire. Al funerale i pochi presenti, per quanto cercassero di combattere il vento, il freddo e la pioggia, non ebbero nemmeno modo di pensarci, a Gino. E solo così ho potuto attuare la mia condanna nei suoi confronti: punendo l' unica debolezza della sua triste vita.

Eppure c'è chi si crede buono e saggio quando dice che, a quel funerale, l'unico pianto l' ho versato io.

Niente di umano

Antonio passava un gran brutto periodo a causa di tristi vicende amorose che gli avevano fatto perdere il senso della propria identità.

Quel giorno decise, per rilassarsi e distrarsi un po', di andare a pescare sin dalle prime luci del giorno, così come faceva con grande entusiasmo quando era più giovane.

Tutto purtroppo si rivelò inutile. Il mare, la canna da pesca, il sole, gli scogli... niente suscitava serenità. Più il tempo passava, più si facevano pesanti le angosce e le paure. Quel posto isolato non offriva niente di umano, tranne la vista di un vecchio pescatore, arrivato anch'esso sin dalle prime luci del mattino. Egli, con grande serena tranquillità, infilava l'esca, si sciacquava le mani, guardava il mare e così via...

"Senti" - gli chiese piano Antonio - "quanti pesci hai preso?"

"Non li ho contati" - rispose il vecchio - "... saranno una ventina. Tu mi sembri insofferente. Perché sei venuto qui se non ami la pesca?"

"Prima mi piaceva molto. Ora invece mi sento perso. Forse preferisco stare fra la gente. Tu non soffri la solitudine?"

"Sentimi bene... " - rispose il vecchio - "non è mai solo chi è accompagnato da se stesso. Cerca di trovare te stesso e forse poi sarai meno solo".

Di fatto Antonio invece di cercare se stesso finì col cercare di riprovarci con la compagna che aveva perduto. Riuscì nel suo intento e fu meno solo.

Però non andò più a pescare.

Prima o poi

Emanuele si era accorto di piacere a Barbara. Quel giorno stavano studiando assieme, quando ad un tratto Emanuele disse:

"Barbara, tu lo faresti l'amore con me?"

"Emanuele... sei impazzito?" - rispose lei sorpresa.

"Guarda che io non ti ho chiesto se vuoi fare l'amore con me. Ho chiesto se lo faresti. C'è il condizionale! Allora lo faresti o no?"

"No" - rispose Barbara sorridendo - "non lo farei a nessuna condizione".

"Eppure se fossimo in un isola lontana e deserta sono sicuro che prima o poi staresti con me. Quindi esiste almeno una condizione al nostro rapporto".

"Ma questo vale con tutti. Nelle condizioni che dici tu ogni ragazzo finirebbe col fare l'amore con me".

Emanuele, dopo avere ascoltato attentamente, allungò la mano sotto il tavolino e accarezzò Barbara. Lei socchiuse gli occhi e fece silenzio... poi Emanuele sussurrò:

"Ci vuole poco per trasformare questa stanza in un'isola lontana. Non tutti arrivano a capirlo".

Ti devo parlare

Francesca e Massimo stavano assieme. Tre mesi fa fecero una scommessa: Francesca avrebbe dovuto perdere venti chili in tre mesi.

Massimo sotto, sotto, a prescindere da chi poi avrebbe vinto, era contento che lei si fosse presa l'impegno di dimagrire.

Ieri, allo scadere della scommessa, Francesca aveva perso diciassette chili e Massimo le disse al telefono:

"Allora, prepara i soldi. Me li sto venendo a prendere".

"Vieni... anche perché ti devo parlare"., rispose lei.

Nella strada che lo portava da Francesca, Massimo pensò che i soldi vinti li avrebbe utilizzati per farle un regalo. Questa idea lo accompagnò fino da lei.

"Allora... dammi i soldi"., disse subito.

"Senti Massimo, da quando sono dimagrita molti mi vengono appresso... Luigi particolarmente. Io a lungo andare mi sono innamorata di lui. Non sapevo come dirtelo, ma questo è il modo più sincero".

Queste parole furono per Massimo così violente da fargli scordare i soldi della scommessa vinta. Del resto era prevedibile.

Oggi Francesca e Luigi passeggiano sul lungo mare. Lei, contenta, sfoggia il vestito nuovo, appena comprato con i soldi della scommessa persa.

Un piccolo fiume

Era la prima volta che Marco andava al maneggio Villabosco. Gli amici gli avevano detto che i cavalli non erano eccezionali, ma il posto si trovava in mezzo a un bosco stupendo, e ne sarebbe valsa la pena. La fantina che li avrebbe accompagnati, per fare da guida, era Marika, una ragazza cecoslovacca di cattivissima fama, perché scontrosa con gli uomini e violenta coi cavalli. La prima cosa che disse quando Marco e i suoi amici arrivarono al maneggio fu:

"Chi di voi è il più buono?" ... ma nessuno rispose. Così, dopo avere dato un'occhiata al viso di ognuno, Marika sentenziò:

"Tu" - riferendosi a Marco - "mi sembri il più buono. Prendi dunque la cavalla Sissi".

In seguito Marika riguardò attentamente il viso dei ragazzi e affidò ad ognuno il cavallo che secondo lei era più appropriato.

Si partì di pomeriggio presto.

Marco, mentre cavalcava tra i boschi continuava a pensare:

"Perché a me spetta proprio questa cavalla? La gente a volte mi giudica fesso, non buono. Forse non mi hanno capito... invece la cecoslovacca se n'è accorta guardandomi negli occhi! Forse questo cavallo in genere è poco attivo e ha bisogno di una persona dolce e gentile".

Marco, nel pensare tutto questo, non faceva altro che accarezzare Sissi che sembrava, a sua volta, comportarsi benissimo. Era l'unica cavalla che diligentemente seguiva tutte le istruzioni che le venivano impartite. Gli altri cavalli più che altro andavano appresso a Renni, montata da Marika.

"I miei amici" - pensava Marco - "dovrebbero essere più dolci e affettuosi... i cavalli non sono mica delle macchine!"

... e intanto continuava ad accarezzare Sissi.

Quando si trattò di saltare un piccolo fiume solo Sissi e Renni lo fecero immediatamente. Gli altri cavalli non ne volevano sapere. La cecoslovacca urlava:

"Siete delle persone incapaci, dei buoni a nulla, dei salami... non è così che si monta un cavallo! Dovete imporvi... sembrate sacchi di patate".

Così dicendo Marika scese di sella, prese dei bastoni trovati lì a terra e cominciò con una violenza inaudita a picchiare i cavalli montati dagli amici di Marco. Li picchiò così tanto che questi, esasperati, saltarono presto sull'altra sponda del fiume.

Fu allora che Marco capì in cosa consisteva quella bontà di cui fino ad allora si era sentito orgoglioso: Marika doveva averlo semplicemente visto gracile e senza personalità, dunque incapace di guidare cavalli testardi, quali erano quelli dati ai suoi amici. Sissi era probabilmente la cavalla più buona, quella cioè che si sarebbe fatta guidare anche da un "sacco di patate". Difatti poi, continuò a comportarsi bene anche quando Marco, indispettito dalla presa di coscienza, smise di accarezzarla.

Al ritorno, però, verso il tramonto, fu proprio e solo Sissi a non volere saltare il fiumiciattolo. Tutti gli amici di Marco furono contenti di essersi riusciti a imporre, ognuno sul proprio cavallo.

Sissi fu presa a bastonate da Marika e superò il fiume.

Solo allora Marco ricominciò ad accarezzarla.

Il barbone

Leo era un barbone del tutto particolare. Chiedeva l'elemosina, ma voleva sempre ricompensare chi sapeva essere generoso con lui. La ricompensa in genere consisteva nella recita di una poesia che conosco molto bene:

Non sempre è possibile

accendere il registratore

e ascoltare la giusta musica,

quella che ti permette di non pensare ad essa

perché, già dentro,

ti accompagna all' unisono

nel corso del tempo.

A volte è meglio il silenzio

che intrecciare diverse armonie,

è preferibile il silenzio

che ti permette di ascoltare te stesso.

Un giorno Leo chiese l'elemosina a un ricco signore, il quale con ferocia gli rispose:

"Prendi questi soldi e levati dalle palle. Non ti accorgi che puzzi quanto un maiale?"

La risposta di Leo non si fece attendere:

" Lo so che puzzo, ma di bruciato.

E' la mia vita che va in fumo, non la tua".

I soldi del riccone per Leo furono sufficienti.

Un bidoncino di benzina e un pacchetto di sigarette ebbero lo scopo di spegnere, del tutto, ciò che di lui era ancora rimasto.

Ti vedono brutto

Andrea a Francesco:

"Amo i bambini! Ognuno di noi non dovrebbe mai perdere quello che è in lui. I bambini sono spontanei, per niente costruiti. Quello che viene loro di dire dicono, quello che viene loro di fare fanno. Non sono inibiti come noi grandi. Se ti vedono brutto te lo dicono in faccia, se ti vedono simpatico non te lo nascondono..."

Mentre Andrea parlava, passarono di lì dei bambini e quasi contemporaneamente passò anche un uomo di colore.

"Sporco negro di merda" - gli gridarono i bambini- "ritornatene in Africa a vivere nelle tribù".

Andrea sembrava proprio non sapere cosa dire, a sostegno della propria tesi. E fu proprio Francesco a toglierlo da quell'imbarazzo:

"Senti Andrea, io sono d'accordo con tutto quello che mi hai appena detto. Però, aggiungerei questa frase:

Ogni bambino, per quanto ciò risulti impossibile, dovrebbe perdere del tutto, il grande che è in lui".

Io invece sono rimasto

Il concerto era come tanti altri, però il gruppo che suonava si vedeva che aveva alle spalle una grande esperienza. La musica era "leggera", quella che passa, non senza coinvolgere, da armonie e melodie lente e passionali, a suoni anche più aggressivi e di impatto forte.

C'era parecchia gente ! Noi all'inizio eravamo posti ai margini della piazza, e solo con fatica riuscivamo a vedere chi suonava...poi, aggirando qualche casa tramite stradine più o meno strette, siamo arrivati sotto il palco, ma lateralmente... vedevamo i musicisti da una piacevole angolatura, tipo "dietro le quinte".

I miei amici sono rimasti poco perché hanno scelto di andare a mangiare un panino. Io invece sono rimasto sino alla fine del concerto. Ero contento di vedere suonare da vicino i musicisti, mi ricordava un po' quando nei palchi ero io a salire. C'era anche altra gente vicino a me. Mi trovavo dietro una bella donna, con in mano un biberon. L'uomo davanti a lei doveva essere suo marito, a giudicare dal fatto che aveva un bambino molto piccolo in braccio.

Mi spostai un po' sulla sinistra per vedere meglio. In quel momento la musica era lenta e vibrante. Sentivo periodicamente il corpo della donna appoggiarsi sul mio braccio destro, quasi come se lei, nel ballare dolcemente, avesse il gusto di stimolare la mia attenzione. Sapevo di averla colpita col mio modo di fare: sia per come mi ero avvicinato a lei, sia per come avevo parlato ai miei amici, quando questi mi si erano trovati vicino. Lei certo non poteva immaginare tutta quella serie di riflessioni che andavo maturando... sospettai che era madre per sbaglio, a giudicare dalla giovane età, ma anche dal rapporto che aveva col marito. Il contrasto sembrava enorme: un matrimonio giovanissimo e un legame così triste, debole e malinconico, come di chi, ancora vivo dentro, sa che ormai dovrà cedere il passo a ciò che di meno misterioso possa esistere: la vita dei giorni tutti uguali.

La piccola folla aumentava sempre più, mentre io e lei ci trovavamo mano, mano più vicini. Sapevo già che quella bella donna mi voleva... non me con la mia vita. Non c'era spazio nella sua perché potesse accogliermi. Voleva invece ciò che di me in quel momento l'avrebbe portata via, lontano. E fu proprio quello che accadde. Come quando il prediletto ascolta un segreto sussurrato che nessuno deve conoscere, allo stesso modo il mio braccio sentiva il calore eloquente del corpo di lei, che mi diceva ciò che ora non saprei raccontare. E proprio come chi apprende un segreto, non finivo mai di "indagare", per non farmi sfuggire niente che potesse rendere migliore la fruizione del segreto stesso. La fine del concerto fu come il riposo da un viaggio appena terminato, che aveva per meta l'infinito.

Per evitare di affondare

Davide ha escogitato la seguente teoria:

Le persone sono come barche nel mare della vita. Però ogni barca va bene solo per un po' di anni, perché poi le tempeste, i venti e il maltempo, usurano i materiali, determinano falle e squarci e impediscono la navigazione corretta.

A questo punto, per evitare di affondare, le persone si uniscono a due a due (in genere i maschi con le femmine) e, con i pezzi ancora interi dell'uno e dell'altro, riescono a ricostituire una nuova unica barca: "Io ti do una vela, tu mi dai una trave...poi io metto i remi, visto che i tuoi sono marci, e tu metti il timone... "

Quello che viene fuori fa quasi sempre schifo, però galleggia. Quando poi manca anche questo vitale requisito, ognuno si riprende i propri pezzi, sempre più incerti, e li ricombina con altri pezzi di altre persone. Il risultato è via via sempre meno felice.

Davide, però, ignora che non può esserci un viaggio senza meta, né tanto meno può esistere un mare che non offra ad ogni barca, una spiaggia su cui approdare... è proprio in quella spiaggia che ognuno potrà ricostituirsi e ricomporsi da solo...

Senza occhiali

Gianni e Luisa sono sposati da ventisei anni. Gianni è sempre stato miope, Luisa col tempo è diventata presbite.

Lui vede da vicino, lei vede da lontano... e non potranno mai più guardarsi negli occhi, senza occhiali.

La stima

Alessandro suonava spesso la chitarra, da ragazzo. Era davvero bravo. I suoi genitori, però, non ne erano affatto contenti. D'altronde la stima che Alessandro aveva per suo padre e sua madre fece sì che egli stesso si convincesse di non avere nessun talento. La vita poi lo portò a diventare professore in un liceo di provincia.

Alessandro ogni tanto rispolvera i dischi dei suoi vecchi idoli e pensa ai giorni in cui, nell'ascoltarli con passione, veniva interrotto dalle parole severe dei propri genitori: "Abbassa questa musica... questo maledetto rumore!"

Solo in questi momenti Alessandro era solito chiedersi se fosse opportuno lasciare gli studi universitari.

Ora nessuno lo capisce quando dice che avrebbe preferito odiare tutti quanti.

Un periodo di passaggio

Luigi era un buon prete. Amava Lucia.

Le confessioni di lei, ogni sabato, lasciavano il prete sempre più giù. Lei parlava dei propri amori, delle proprie debolezze nei confronti di ogni maschio e Don Luigi ogni volta, dopo l'assoluzione, rimaneva divorato dalla gelosia.

"Non so più cosa pensare!"... disse Lucia, quel giorno al confessionale.

"Credo che Dio conosca tutti i nostri pensieri... compresi i tuoi, cara Lucia"... rispose il prete.

"E io credo che non se ne faccia un bel niente!" ..insistette lei decisa.

"Dio ci giudicherà in base alle nostre azioni e tu hai agito e continui ad agire male... lo devi riconoscere. La vita terrena è solo un periodo di passaggio... tra il nulla e la vita eterna".

"Qui in terra la vera vita dura si e no qualche istante. Tutto il resto è un'eternità".

"Se non ti penti, non potrò assolverti"...

...ma Lucia aveva già deciso, e il prete, da allora, non la vide più.

L'altra notte, nel sogno, Don Luigi era in paradiso... c'erano un'infinità di nuvolette, ripiene di beati. Ma Lucia non c'era. Quel paradiso, senza di lei sembrava troppo triste per essere vero...e con le lacrime agli occhi, il povero Luigi, continuava a cercare il suo amore, senza fermarsi mai... per fortuna comunque quell'eternità durò solo una nottata.

Il giorno dopo, Lucia non era lì ad ascoltare la messa, ma in compenso c'erano tanti e tanti vecchi a cui Luigi poté fare la predica. E fu una delle sue più belle...

Una vita di riflesso

La macchina correva forte in autostrada.

"Quella che conduci" - diceva Franco ad Andrea - "è una vita di riflesso. Ami l'arte, ma la percepisci e la assumi senza crearla. Stai ore a leggere e godere sulle parole di chi ha avuto veramente qualcosa da dire. Tu non dici mai niente di tuo.

Vivi di riflesso...e non sei il fulcro del mondo. Come un catarifrangente, ti limiti a restituire la luce che altri emettono".

"Stai attento mentre guidi" - rispose Andrea - "vai più piano, e comunque non perderli mai di vista i catarifrangenti... potrebbero salvarti il culo.

E poi, secondo te, alla fine chi fa più luce... una lucciola o un catarifrangente?"

Indice